예술가 가을을
춫고 기별리는 함께하며

박찬일 시인께

2024년 9월 30일

이 승 우

다비야 다비야

예술가시선 36

다비야 다비야

초판 1쇄 발행   2024년 7월 15일

지은이   이승욱

펴낸이   한영예
편집   박광진
펴낸곳   예술가
출판등록   제2014-000085호
주소   서울 송파구 문정로13길 15-17, 201호
전화   010-3268-3327
팩스   033-345-9936
전자우편   kuenstler1@naver.com
인쇄   아람문화

ISBN   979-11-87081-32-6 03810

예술가 시선
36

다비야 다비야

이승욱 시집

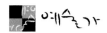

시인의 말

참 멀고 먼 길을 지나왔다
그 아득한 날들을 지나
이제는 고요해진다
숙연해진다
나는 나를 풀어주고 싶었다
네 맘대로 하라고
네 맘대로 하라고
훨훨 날아가라고

나는 그것을 자유라 부른다
대자유라 부른다
이제는 내가 시를 쓰는 것이 아니라
시가 나를 쓴다고도 나는 말했다
그 시는 모든 경계를 허문다
현실과 비현실의 경계
시간과 공간의 경계
죽음과 삶의 경계
막장의 어둠과
눈부신 빛의 경계

이름도 없고
성도 없고
코도 없고
눈도 없고
정처 없이 떠도는

구름 같은 시
바람 같은 시
그 무위無爲의 시를 나는
자유라 부른다
대자유라 부른다

2024년 6월 빈락정貧樂亭에서

이승욱

목차

1부

슬픈 자장가

피에타 1

성모를 따라
아기 예수가 빵을 먹는다

성모가 와그작와그작
씹는 빵을 아기 예수도
낼름낼름 씹는다
둘이가
재미있다

"나 물 조오"
아기 예수가 성모를 부른다

저 빵을 저렇게 맛있게
씹을 수 있다는 것은 하늘의
은총이다 불빛에 스민
흐릿한 어둠이 저 둘을
포근히 감싸고 있다

여기는 가난한
지상의 집
Toujour
Bakery

"맛있어?"

가난한 성모가
환한 미소를 열고
가난한 아기 예수를
한없이 부드러운
두 팔로 감싼다

슬픈 자장가

잘자라 너미야

잘자라 너미야

옛날에 너는 나하고 살았다

옛날에 너는 나하고 살았다

자꾸 부르고 싶은 옛날 노래처럼

불러도 소용없는 그 구슬픈 노래처럼

잘자라 너미야

잘자라 너미야

옛날에 너는 나하고 살았다

옛날에 너는 나하고 살았다

죽었다 그리고 미쳤다

아버지는 죽었다

그리고 미쳤다

헛간채 정낭 앞에는

살구꽃이 핀다 지금도 핀다

그 나무도 죽었다

미쳤다

삽작껼에는 썩은 대나무가 비를 맞고 있다 처덜썩처덜썩 비는

죽어서 후줄근히 몸을 쏟고 있다

마당에는 풀쩍풀쩍 두꺼비가 뛴다

두꺼비는 안 아프다

귀신이 된 할매는 흰옷을 입고

마당을 휘적거리다 사라졌다

죽었다 음메에- 할매가 여물을 먹이던 황소도 죽었다

음메에- 우리는 모두

이 세상을 불러 모아 구역질한다

이 세상에는 왜 자꾸 살구꽃이 핍니까?

이 세상에는 왜 자꾸 죽은 헛꽃이 핍니까?

아버지는 죽었다
말도 안 되는 하나님, 아버지가 계셨다
그리고 그분은 미쳤다 죽었다

이미 죽은 다음에 우리는 태어났다
질질질 쇳물이 온 마당을 구불거리던 집에 우리는 태어났다
사랑채 뒤 해괴한 장미가 붉은 거품을 물고 쓰러지던 집에 우리는 태어났다
장미는 여러 번 죽고 여러 번 되살아났다
이미 죽은 다음에 우리는 태어났다 죽고 또 죽고 다시 태어났다

우리는 안 아프다
우리는 이 세상을 다 불러 모아
구역질해도 안 아프다

자리

참 고요하다

고요라는 말이 통하지 않는다

영원으로 이어져 있다

자리, 그 무엇도

그 누구도 가보지 못한 자리

사라진 자리, 사라진

그 무엇과 누군가의 자리

자리, 저

자리가 참 아프다

다시는 불러볼 수 없는 그의

자리, 그 무엇의 자리 끝도 없이

살아서 꿈틀거리는 자리

만져도 만져도 만져지지 않는 자리

이 세상엔 없는 자리

저 혼자 가만히 웃고 숨 쉬는 자리

그 누구의 것도 아닌 자리

아아 그 자리

아픈 벚꽃시절

너미가 아프다
너미는 이 세상 사람이 아니다
이 세상에는 지금 벚꽃이 한창이다
벚꽃이 화려할수록 너미는 더 아프다
너미의 통증의 혈관들로 벚꽃나무들은 부풀어 있다
더러는 터져서 줄줄 피 흘리고 있다

너미가 아프다
너미는 이 세상에 있지 않아서 아프다
이 세상은 이 세상이 아닌 것이 좋다
너미는 너미가 아닌 것이 좋다
지금 내 콧속의 살벌한 향기는
감당할 수 없는 이승의 환희를 전하지 않는다
엉– 엉– 꽃피 흘리는 너미가 아프다
겹겹이 쓰러지는 풍경의 저 너머가 아프다 길을 지나는
사람들은 모두 수의를 걸치고 있다
사람들은 모두 사람이 아닌 것이 좋다

부서진 수의자락 같이 흩어진 벚꽃잎을 밟으면
딱딱하게 불거진 뼈를 밟는 소리 들린다
지천으로 늘린 뼈 소리가 아프다
황급히 살을 버리고 떠나는 내 뼈들이 아프다
해골로 남은 내가 너무 아프다
앙상히 저를 버티는 벚꽃나무가 아프다
너미가 너무 아프다

이 세상은 한사코 이 세상이 아닌 것이 좋다
벚꽃나무는 한사코 벚꽃나무가 아닌 것이 좋다
너미는 한사코 너미가 아닌 것이 좋다

너미가 아프다
너미도 아닌 저 너머의
너미가 너무 아프다

누군가 나비야 부르네

나비가 날아가네
나비가 눈부신 무늬를 치고 날아가네
누군가 나비야- 부르네
눈부신 고요의 무늬들이 나비를 물들이네
누군가 나비야- 부르네
어떤 탄성도 나비를 따라가지 못하네
허공에 그려지는 아득한
탄성의 선을 뭉개며 나비가 날아가네
내 눈 속의 허공으로 나비가 날아가네
누군가 누군가 끝도 없이 자꾸 나비야- 부르네
붙들려서는 안 된다는 듯이
나비는 자꾸 먼 곳으로 날아가네
누군가 자꾸 나비야- 부르네
그는 쓰러져서도 울먹이면서도 나비야- 부르네
그의 울음소리 안 들리고 나비야- 날아가네
아름다운 머나먼 나비가 날아가네

누군가 멀리멀리 머나먼

나비가 된 듯 나비야- 부르네

아아 나비가 날아가네

2부

게 운다

재미없게 살았지요

날마다 재미없게 살았지요
재미라는 말이 더 재미없었지요
왜 살아요?
그냥 재미없게 살았지요

속 시원히 말해 봐요
어떻게 재미있게 사는지 말해 봐요
뭘 하고 재미있게 사는지 말해 봐요

모래 위를 가물거리는 게 한 마리를 보았어요
잽싼 그 집게다리가 얼마나 부러웠던지요
얼마나 부럽게 부드럽게 반짝거렸던지요
달음질치다 뽀르륵 물속으로 자맥질해 들어갔지요
그다음 파도소리 크게 들려왔지요
딸꾹 해가 저물고 그다음 우르르르
먼 파도소리 크게 들려왔지요

그것뿐이었지요

재미없게 살았지요

다른 말들은 사족蛇足이었어요

다른 좋은 말들은 더 심한 모욕이었어요

어떻게라도 재미있게 살아보세요

당신이 잘 살길 나는 그냥 바랄게요

당신이 잘 살길 나는 그냥 바랄게요

그것뿐이었지요

재미없게 살았지요

부질없는 옛 노래[*]

I
때로는 이미자가 노래 불렀다
눈 붉은 동백섬, 떴다 갈앉았다
때로는 누우런 황소가 진흙길을 밟고 갔다
처덜벅- 처덜벅- 처덜벅- 칠벅-

질퍽한 산모롱이 구름이 꽃을 그렸다
그려진 질퍽한 꽃, 다시 졌다

어디로 가는가, 어디로 가는가
길 없는 들 끝을 지나 누렁소가 갔다
보이지 않는 강을 건너 누렁소가 갔다

누군가 소를 몰고, 누군가 소를 때리고
음메- 음메- 음메- 음메-

II

때로는 땀에 절인 여자가 내 두 손을 꼭 잡았다
누우렇게 찌든 건빵 한 봉지를 건네주며
종이쪽지 같은 치맛자락으로 눈물을 닦았다
애야, 애야, 내가 네 아비를 만나 너를 낳았고
네 할미가 네 할아비를 만나 네 아비를 낳았더니라
낳고, 낳음 얼마나 끈질긴 장난이더냐
뱀풀이 뱀풀을 낳고, 더북쑥이 더북쑥을 낳은 것
그 밖의 다른 죄목은 내게 없었더니라

바람이 불고 더북쑥이 우쓱거렸다
빈 길에 코를 붙이며 빈 길이 줄지어 엎어졌다
어머니- 어머니-

Ⅲ

거슴츠레 호롱불이 춤추는 밤

감꽃이 떨어져 쌓이는 밤

그 밤이 지나, 또 다른 그 밤

흐느끼며 이미자가 노래 불렀다

울부짖으며 내 누이가 노래 불렀다

아버지- 아버지- 제발 그러지 마세요

헛간에 숨은 새앙쥐를 너무 두들기지 마세요

으스러지고, 또 일어서는

새까만 동백섬

핏물 같은 동백꽃잎, 뚝뚝 떨어졌다

아버지 아버지 제발 그러지 마세요

구린내 나는 그 건빵봉지 위에다 시를 적지 마세요

28

달빛이 흘러 문풍지를 사르는 밤

아버지가 시를 쓰고

누이의 노래가 잠드는 밤

* 이 시는 오래전인 1993년 《시와 반시》 가을호에 발표된 것이다. 그동안 출간된 내 시집에 수록하지 못한 것을, 이번 시집에 내 의도에 따라 원작 그대로 수록하게 되었다. 그동안 나는 내가 이 시를 발표했다는 사실을 까마득히 잊고 있었다. 이 시를 동지 2020년 가을호에서 새롭게 조명하고, 발굴해 준 평론가 신상조 선생님에게 한없는 감사의 말씀을 올린다.

임종[*]

I

버쩍 마른 명태 한 종발
상牀 위에 떠 있고
그 뒤에 희끄무레한 병풍, 경계가 서 있고
또 그 뒤에 나의 아버지라는
두려운 금기가 누워 있었다
눕기 전에 그는 두 손으로 밥을 먹었고
허공을 향해 먼 신에게 장문의 전문電文을 보냈고
가방을 챙기는 아들의 머리를 이유 없이 쓰다듬었다
누우런 건빵봉지 위에다 답사한 세상을 기록했고
그 세상을 가리켜 아무런 주석도 안 했다
이어질 듯 이어질 듯 꺼져가는 목소리로, 누군가
저 혼자 피 묻은 노래 그치고
어디론가 구부려져 가는 지친 길이 울먹여
그 길은 붉고, 그 길은 노오랗고, 그 길은
하아얗고, 그 길은 까아맸다

II

아부지요- 아부지요- 아부지요-

봄날은 벽창호지 밖에서

지나가는 행인들을 웅성거리게 했고

하얀 솜공장의 굴뚝은 그날따라 울컹울컹

짙은 검정을 질토窒吐했다 입이 하나인

사람이 아름다운 다른 입들을 부르고

다리가 두 개인 사람이 긴 다리를 늘여 그림자 지우고

힘줄이 팽팽한 사내들이 억세게 수레를 당겨갔다

움푹 팬 명태의 눈깔 속에 덩치 큰 쇠파리가 달라붙고

그 동공에서 추방당한 그는 다시 끝없는 욕정을 울부짖으며

내 어깨를 짓눌렀고, 내 손등을 짓눌렀고

아부지요- 아부지요- 아부지요-

그날 나는 힘껏 탱자나무 울타리 속에 숨어 사는

우람한 썩은 나무둥치 하나를 이유 없이 무너뜨릴 수 있었다

짙은 검정을 질토하며, 한밤 내내

솜공장의 하얀 털들이 억세게 표백되는 소리를, 내 귀는

또 운명처럼 들었다 그렇게 하아얗게 빛바랜

비운의 수염을 날리며

그 봄날은 갔다, 쉬이 갔다

아부지요- 아부지요- 그리고

어메요-

* 이 시는 앞의 「부질없는 엣 노레」와 함께 1993년 《시와 반시》
가을호에 발표된 것.

나리또와 불뚜쟁이[*]

나리또가 아프다

나리또는 여름에 불뚜쟁이를 만나

남몰래 숨겨놓은 자기 얘기를 했다

이렇게 아파서 더는 못살겠다

그럼 죽어버려라 불뚜쟁이는 말했다

밤에는 별이 보인다

웬일로 안 보이던 별이 자꾸 보인다

너 환장하고 미쳤구나

불뚜쟁이는 짧게 응수하고는 도망쳐버렸다

나리또는 더 아프다

파렴치한 여름은 빈 들판을 누비며

날마다 억수 같은 빗물을 제멋대로 뿌렸다

장난쳤다 자꾸 끝도 없이 장난쳤다

나리또가 죽었다 나리또가 죽었다

나리또는 그 무도한 장난 속으로 숨어 들어갔다

주루룩주루룩 억센 빗물에 뒤범벅이 되는

풀 넝쿨이 되었다 나리또는

아프지 않았다 밤마다 웬일로

별이 보였던 밤마다

안 보이던 별이 자꾸 보였다

* 나는 지금 '나리또'와 '불뚜쟁이'라는 세상에 없는 이름을 가지
고 장난친다. 세상은 장난이다. 나는 '나리또'와 '불뚜쟁이'를 조
물주라는 신통한 장난꾼이 만든 헛거물이라 확신한다.

게 운다

게 운다

게가 운다
슬프지 않다

게는 울 줄을 모른다

어느 날 으쓱한 숲으로 갔는데
비쩍 마른 나무 한 그루가 온몸을 비에 적시고
엉엉 우는 것을 보았다
소리도 없었다
나는 그 나무가 나무가 아니라 생각했다
주변의 다른 나무들과 돌들이
빤히 그 나무를 쳐다보고 있었다

게 운다

밤마다 그 작은 아이, 술병이 운다
게는 사람이 아니다
이미 헛배가 부르고 목이 비틀어진
병이 된 지 오래다

술도 없는 병瓶이 운다
병病이 운다
속이 빌 때마다 운다

저거렁 누군가 저 병을 깨트린다
저거렁 누군가 저 병을 깨트릴 것 같다
저거렁 저 병이 제 풀에 부스러질 것 같다

피에타 2

혼자 걷는 길

아기 예수 안고

가만히 서 있는 성모상 앞에서

두 손 가지런히 모으고 묵도하고 있는

참 성스러운 여자 뒤에서, 음탕한 남자가

가던 길을 멈추고 한참 지켜서 보고 있다

늙은 파우스트가 회춘한 다음

길을 지나던 순진한 그레첸을 꼬셨다

그 영화에서 그 나쁜 남자는 저주에 가득 차

미친 듯이 제 애미를 겁탈했다

죄 많은 오이디푸스는 제 눈을 찌르고

천지사방이 캄캄해진 다음

제 딸과 함께 방랑의 길을 떠났다

성스럽게 연옥을 두루 회람한 다음,

단테는 베아트리체를 따라 천국으로 갔다

간밤의 폭우가 무지막지하게 사람의 세상을 심판했다

걷잡을 수 없이 무너져 내린 가로수의 잎들이

걸음을 옮길 때마다 악마의 발바닥처럼 질척거린다

아가야, 아가야, 내 가여운 아가야

여기까지 오너라 참 수고했다

묵도를 끝낸 여자는 곧 성당 안으로 들어갔고

텅 비어 허물어진 가을은 깊은 성모의

자궁 속처럼 깊고 캄캄하다

그라는 환자

그는 이승을 넘어가다 다쳤다

무르팍 까이고 오지게 다쳤다

그래서 다시 엉금엉금 기어서 이승으로 돌아왔다

내친김에 쭈욱 직통할 것이지…… 무슨 운명의 호작
질이……

사고 이후 꼴사납게도 그는 장기長期 치료 중이다

그의 얼굴에는 늘 치료 중이라는 푯말이 붙어있다

퇴원을 하고도 입원한 사람처럼 치료 중이다

그도 안다 그의 병은 회복이 불가능하다

날짜만 연기될 뿐 사형선고는 이미 내려진 것이다

상황이 호전되는 데로 그는 다시 답답한 이승을 넘어갈
것이다 .

한숨을 푹- 질러 저 코앞의 빗장만 부수면 성공이다 그는
말한다

저 엷은 물안개의 수막水幕만 걷으면 성공이다 그는 또
말한다

아예 질끈 눈을 감으면 그만이다 그는 당차게도 말한다

그렇게 그는 남몰래 몇 번이나 까무러쳤는지 모른다

분명 살기보다는 훨씬 더 많이 죽었으리라 추측할 수 있다

그런데도 그는 아직 이승을 넘지 못했다

그래서 그는 열심으로 치료 중이다

단말마의 고통을 최소화하는 쪽으로 변탈變脫 중이다

이번에야 말로 그가 흔적 없이 가뿐히

이승의 명부에서 퇴거되기를 나는 빈다

그러면서 참으로 그가 간구하는

그런 좋은 데가 어디 있냐? 넌지시

부러운 물건을 훔쳐보듯

대중해 본다

곱꾸메꽃

곱꾸는 곱창구이집의 이름이다
간판은 있고 이미 이승에 없는 집이다
곱꾸집 헐벗은 목책木柵을 타고 올라 지금 메꽃이 핀다
그 메꽃은 이승의 여름을 전하지 않는다
흰 꽃잎에 매운 저승이 가득 염해져 있다
아이구 메워라 아이구 메워라
분탕치고 달아나면 뒤따라오는 연기들
이보게들 참을 수 있거든
그 흰 연기의 꽃 가만히 들여다보거라

제 일생을 뒤지듯 가까스로 찾아서
구불구불 뒤엉킨 길들을 요리해 먹던 집
그 연기의 한가운데 그 집은 지금도 성업 중이다
아이구 메워라 아이구 메워라

잘근잘근 곱씹으면 더 맛있다는
곱꾸는 곱사등이 망자의 이름이다
제 운명의 넝쿨을 따라
허리 한번 쭉 펴 보지 못하고 죽었다 한다

청천벽력의 허공냄새

…… 그 가련한 도반이 그런대로 단단한 수행승으로 행세해 온 이전의 날들은 생략한다 시름시름 자신도 모르는 병을 앓다가 어느 날 홀연 무엇에 낚아채인 듯 혼자서 고요한 숲으로 가서 눈부신 도토리 한 알을 줍다가 그는 아연 정신이 혼미해졌다 그런 뒤 멍하니 하늘을 한참 올려보다 그의 일생은 끝이 났다 그때의 정황인즉 흰 구름이 스치고 흰 구름이 스치던 그 참나무가 얼마나 황홀했던가를 생각해 볼 수 있을 것이다 그는 그 황홀경에 취해서 열반했던 것이다 사실 그는 그 자신이 그 굴참나무에 붙어있던 도토리 한 알임을 분명히 체득하고 죽었다 데그르르르…… 다른 사인은 없었다 그는 영문도 모른 체 아찔한 허공의 막장에서 굴러 떨어졌다 떨어진 그를 누군가 가볍게 주워갔다고 할 수 있다… 이쯤에서 사체수습이라는 불경한 말 따위는 하지 말자 일생을 이렇게 추락한 도토리 한 알로 끝내는 참으로 진기한 일이 있으니 말일세 그의 몸에서는 한동안 청천벽력의 허공냄새가 살벌했다고 한다 그에게 붙여진 사람이라는 이름은 분명 잘못되었음이 틀림없다

별의별 일도 다 있다

아프면 병원 간다

예사롭지 않다

병원도 병원 같지 않은 데를 자꾸 간다

괴로운 일 있을 때 술 마신다

술도 술 같지 않은 술을 자꾸 마신다

그것도 예사롭지 않다

사람도 사람 같지 않은 사람이

이목구비를 달고 자꾸 사람이라고 우긴다

혼자라도 괜찮은 듯 머리 위에 떠다니는

낮달을 쳐다보면 괜히 시무룩해진다

참 알다가도 모를 일이야

평생 죽으려고만 했던 사람이 버럭버럭 오래 산다

꿈 속의 놀란 노루가 어느 날 꿈 밖으로 뛰쳐나와 능청 부
리며 논다

담장 안에 테두리를 쳐놓은 이승의 나비는 늘 이승을 날
지 않는다

저승으로 간 사람은 자꾸 이승으로 돌아와 논다

진짜 별의별 일도 다 있다

모두가 먹다 남은 것을 버리는

쓰레기통 속에 노란 금붙이가 새록새록 잠들고 있다

아무에게도 안 들키게 잠들고 있다

사람들은 늘 그런 금 부스러기를 버리는 일에 골몰한다

먼 길을 가다 지쳐서 길섶의 솟대나무가 되어 꽂히는 사람도 있다

독한 스컹크가 되어 냄새 뿌리고 잠적하는 사람도 있다

폭삭 주저앉은 재가 되어 멸실된 사람도 있다

별의별 일도 다 있다 그러니 아무것도 믿지 말거라

우선 너 자신부터 믿지 마라

은둔

쓰레기더미 속에 삐죽이 솟은
이쁜 풀줄기 하고 산다는 것이다

지저분하고 지저분하고
지저분한 풀줄기 사람 속에 숨는다는 것이다

혼자서 저 보고, 찾아도 없는 저 보고
고래고래 고함친다는 것이다
아무리 소리쳐도 아무도 듣지 않는다는 것이다

마침내 고결한 쓰레기가 된다는 것이다
쓰레기통 속의 아름다운 아름다운
너무 아름다운 쓰레기가 된다는 것이다
그런 다음 황홀한, 절정의 쓰레기로 버려진다는 것이다

다시는 어리석은 폐물, 폐물의 나를 찾지 않는다는 것이다
나는, 나는, 나는 영락없이 퇴락한다는 것이다
멸절한다는 것이다

소꿉친구들

뿌똘이 영해 윤선이 정이 돌이 수동이 희도 빈테
빤지깨미 자치기 깐지땡이 데꼬빠리 빡총 찍공 당색이
삽작 오베자 짜구 놀갱이 방구 깔비 중심이 미뜽
갱분 토찌비 포시랍다 등개 재래기 빼뿌쟁이 애애추
만데이 홀찌이 디리 엉머구리 잡다리 팽댕이 단도리
데갈빼기 다갈 참담뱅이 시무정띠기 등발랭이 뻥구리
텅갈래 노지람쟁이 먹지 꺽뚝어 중택이 약쪽데기
휘미기 말밤까시 꽝철이 봉테기 너부리 포구
뻔지 지릅뗑이 짱또리 소시랑물 따베이
수두랑옹티이

제3부

독주

흙빛 메콩강

벤탄시장의 그 아줌마는
자꾸 나보고 좌판의 제 과일들을 사라고 그런다
"맛있어요. 맛있어요" 소리친다

어제 본 메콩의 흙빛 물결이 멀리서 출렁인다
좁다랗고 긴 목선 한 척도 강가에 붙들려 있다

늘어선 벤탄시장의 노점들이 메콩의 흙빛 물 위에 떠 있다
부유하는 큰 부레옥잠들이 저거럭저거럭 엉겼다 풀렸다
한다

쫌쫌을 파는 볼이 오목한 노파는
아직도 물가의 그 자리에 쪼그리고 앉아 있다
아무래도 파는 것이 목적이 아닌 듯하다

하루에 한 번씩 굵은 빗줄기가 호찌민의 집과 거리를 두
들긴다
요즘은 한밤중에 예고 없이 퍼붓는 경우가 더 많다

저 까닭 없는 비의 상인들이 왁자지껄 뒤웅쳐서
거대한 환란의 흙빛 메콩으로 합류한다

그리곤 도도히 흐른다

그래도 괜찮겠다

저 사람은 아메바라 해도 괜찮겠다

저 사람은 진드기라 해도 괜찮겠다

저 사람은 무당벌레라 해도 괜찮겠다

저 사람은 살쾡이라 해도 괜찮겠다

저 사람은 불여우라 해도 괜찮겠다

저 사람은 코뿔소라 해도 괜찮겠다

저 사람은 발정 난 암고양이라 해도 괜찮겠다

저 사람은 쥐라기 화석의 문양으로 새겨진 시조새라 해도
괜찮겠다

저 사람은 아렴풋한 망각 너머에서 슬금슬금 접근해 오는
유인원 드리오피테쿠스라 해도 괜찮겠다

다 괜찮겠다 가엾게도 가소롭게도 바득바득

사람이라고 우기는 사람만 아니면 뭐든지 괜찮겠다

그런데도 넌 아직 사람이니?

여태까지 그 짓밖에 못했니?

너무 지겹지 않니?

느릿느릿

아이들이 논다 느릿느릿

쉼표도 없고 마침표도 없다

아이들이 논다 느릿느릿

나이테도 없고 시간표도 없다

예닐곱 살 아이들이 논다 느릿느릿

예닐곱 살 속살에 팔십 살 속살이 비친다

팔십 살 속살에 예닐곱 살 속살이 비친다

구름너울 가짜아이들이 논다 느릿느릿

바람돌이 가짜아이들이 논다 느릿느릿

차안도 없고 피안도 없다

이름도 없고 성도 없다

눈도 없고 코도 없다 없는

아이들이 논다 느릿느릿 낮달로

떠서 논다 느릿느릿 정처도

없이 논다 느릿느릿 울타리도

없이 논다 느릿느릿 느릿느릿

눈 밝은 맹인의 몽리夢裏에

아이들이 논다

삼드락하다[*]

그 집
그 여자는 삼드락하다
그 여자도 이쁘고
삼드락하다는 말도 참 이쁘다

그 집 앞의 개울물은 늘 콸콸 흐른다
어느 풍랑의 여름에 그 넘쳐나는 개울물 소리가
그 집을 삼켜버릴까 나는 지레 겁난다

그런데 그 여자는 이 세상 사람이 아니다
자세히 보면 더 그렇다 사람인 듯 아닌 듯
다가가면 가물가물 멀어져만 가는 것이……

그 집 그 여자는 늘 이 세상 저쪽에서 삼드락하다
삼드락하니…… 아련한 물빛의 빗장에 기대어 나를 보고
웃는다
그녀가 웃으면 이승과 저승의 망사 칸막이가 너무 헤슬프

게 아른거린다

그 아른거리는 고통 저 너머에서 그 여자는 늘 웃고 있다

그러니 오명 가명, 더러는 꿈속에서

내 눈시울에 걸리는 그 집도 집이 아니고

삼드락한 그 사람도 분명 사람이 아닐 듯하다

대체 이 슬픈 경계를 그대들은 아느냐?

사연이 어떻든 그날 처음 본 이후로 그 신기루의 집과 풍
경은

당기면 홀연 내 죽음 가까이 끌려오듯 못 견디게 삼드락
하다

* '삼드락하다'는 내 고향 경상북도 청도지방의 방언. 특히 여성의
몸가짐이 '말이 없고 조용하면서도 묘하게 사람을 끄는 매력이 있는
상태'를 가리킴.

독주

내가 내 술안주다

나는 그동안 쟁여둔
내 속의 것들을
사람이든, 물건이든
한 점씩, 더러는 몇 놈씩
안주로 집어 먹는다
늘려서 먹고
토막 지어 먹고
비틀어도 먹는다

"맛있냐?"

묻지 마라

"맛없다"

그냥 이 해괴한 날이

그동안 탈탈 털어 마셔

남은 술 한 방울 없는

공허한 술병같이 황당할 뿐이다

먹어도 먹어도 술이 빈 내 몸이

불식간에 그런 얄궂은 술병을

닮아갈 뿐이다

못된 엉겅퀴

만지기가 두렵다
온 잎이 가시다
온몸이 가시다

그런데 어느 날 홀연
줄줄이 우뚝 솟은 꽃대 끝에 늘어선
진홍빛 탐스런 꽃을 만져보아라
고요히 숨죽이고 죽은 듯 만져 보아라
얼마나 부드러운가
얼마나 부러운가

가시는 부드럽다
온몸의 가시는 부럽다
꿀벌들이 온종일 그 꽃술을 파고든다

까막새의 노래[*]

아비뚱
아비뚱
영영 자취를 감춘
내 맘속의 까막새는
언제나 고운 목소리로 노래 부른다

아비뚱
아비뚱
까막새 노래를 따라 불러도
밤에도 부르고
낮에도 불러도
영영 종적을 감춘
까막새는 돌아오지 않는다

여기도 아비똥

저기도 아비똥

울어도 아비똥

웃어도 아비똥

죽어도 아비똥

살아도 아비똥

저만 아는 기막힌 사연이 있는 듯

까막새는 날마다 내가 모르는

아비똥, 아비똥 구슬픈 노래를 부른다

아비똥

아비똥

말도 안 되는 세상을 나는 살고 있는데

말도 안 되는 까막새 노래는 자꾸

내 맘을 울린다

내 귓속을, 후벼 들며

끝도 없이 울린다

* 2024년 5월 29일 낮 11번째로, 이 이상한 노래의 가사를 개
작하였다. 얼마나 계속될지 아직도 나는 그 끝을 모르겠다.

4부

집

집

집에 가고 싶다
집은 멀다

그이가 보고 싶다
그이도 멀다

멀다 이제는
다 멀다

그냥, 저문 날아
대책 없이 아프다

혼자 아프다

심심하면

심심하면 풀 한 포기
들여다보지요
할 짓이 없어서요
넌 왜 태어났냐
넌 왜 태어났냐
자꾸 물으면 그 풀
대답 안 하고
자꾸 멀어져 가요
끝내 새파란 풀잎
사라지고
나만 남아요

풀을 버리고
하늘을 또 올려보면
넌 왜 태어났냐
넌 왜 태어났냐
암말 안 하는 흰 구름 혼자
하늘에 둥둥 떠가요

풀도 거짓말
구름도 거짓말
하늘도 거짓말
나도 거짓말

거짓말들이 빙빙빙 사무쳐 울어요
못 견디게 저들끼리 사무쳐 울어요

조용한 시험

학생들이 나가고

의자들이 나란히 앉아 있습니다

의자들이 나란히 앉아 시험을 보고 있습니다

의자들은 참 조용합니다

문제가 없는 문제지와

답이 없는 답지와

연필이 없는 글씨와

띄울 필요도 없는 간격과

정해진 시간도 없는 시험장을 나는 봅니다

나는 이 시험장이 참 좋습니다

감독이 필요 없는 이 시험장이 참 좋습니다

사브작사브작 축복처럼 창밖으로 눈이 내립니다

이 시험장은 더 고요에 묻힙니다

시험을 끝낸 의자들이 차례로 잠 속으로 빠져듭니다

끝내 나만 깨어있고 모든 의자들이 깊은 잠 속에 듭니다

더 이상 나는 이 적막한 시험장을 견디기 힘듭니다

나란히 앉아 꿈속에 묻힌 의자들을 나는 봅니다

잘 자라 아가야 잘 자라 아가야

누군가 부르는 자장가 소리가 꿈결처럼 들립니다

이중주

약이 된다는 술과
독이 된다는 술을 동시에 마시다

구원이 된다는 시와
아편이 된다는 시를 동시에 쓰다

길마다 술과 시가 넘친다
길마다 독과 아편이 넘친다
나를 버려서 위로받는 '나'들처럼
나나나나 자꾸 버려지는 나들처럼
나는 나를 위로하지 않는다

하늘의 새는 내 길을 증거하지 않는다
모든 길이 길 없음을 증거한다
혹은 무엇이든 길임을 증거한다

소주와 초록 이슬이 뒤섞이는 날들이 많다
빈 병과 기도가 뒤섞이는 날들이 많다

밤새껏 버린 날들을
아침에 다시 주워서 논다

주께서는 나를 사랑하지 않으신다

알콜중독자
—2023.2.23. 저녁, 빈촌의 카페에서

매일 술 마신다

술에는 향기가 난다

하루 한 번만 마신다

가끔 두 번일 수도 있다

맥주 1캔, 또는 1병

기분 좋으면 곱으로도 마신다

그에게는 친구가 없다

혼자 마신다

술에는 향기가 난다

겨울이 눈을 뿌리면

혼자의 술잔 위에 눈이 날아와 섞인다

여름이 비를 뿌리면

혼자의 술잔 위에 비가 치근거리다 섞인다

술에는 향기가 난다

고맙다 고맙다

그는 유언처럼 중얼거린다

향기는 쓸쓸한 고독의 이름이다

향기로운 깊은 잔은 그의 무덤이다

잔은 더 깊이깊이 가라앉는다

그는 서서히 그 깊은 잔에다

그의 몸을 담근다

아무도 몰래 생매장한다

그는 고요히 입을 닫는다

그는 유언을 남기지 않는다

마지막 진한 향기가 뭉클

그를 봉인한다

벨베데레 연가

당신하고 나하고

벨베데레Belvedere로 갔다*

햇볕은 한없이 눈부시고

당신 웃음은 햇볕처럼 한없이 반짝거렸다

당신은 장난 삼아 나의 모자를 썼고

당신은 나의 장난감 모자 같았다

당신은 장난 삼아 나의 가방을 들었고

당신은 나의 장난감 가방 같았다

해골의 에곤 실레도 금장金裝의 클림트도

그림 속을 뛰쳐나와 장난을 쳤다

당신하고 나하고

꿈속에 벨베데레로 갔다

벨베데레는 아주 먼, 먼 나라에 있었다

달디단 가을이 익어가고 또 익어가서

누런 황금의 잎들이 쏟아지고, 또 쏟아졌다
텅 빈 가지들이 간간이 소리 없이 흔들렸을 뿐
아무도 사랑을 말하지 않았다
아무도 사랑을 함부로 말하지 않았다

그 후로 사랑은 끝이 났다
아무도 끝난 사랑을 말하지 않았다
그 깊은 가을 속으로 우리 둘은 무너졌다

미리 크리스마스송
—2021년 12월 1일 저녁, 낯선 거리를 지나며

Ⅰ

이 나무 겨울 동안 잠자고

봄이면 초록 잎을 틔운다

찬바람에 일렁일렁 잎 하나 없이

니 맘대로 해라

니 맘대로 해라

(잠이 깊다)

Ⅱ

그 사람 사흘 전까지 풀풀 날뛰다가

갑자기 풀썩 주저앉아, 잠들었다

너무 오래 참았던 잠이 폭설처럼 쏟아진 거다

그 사람 하얀 눈 속에 검은 가죽자켓 걸치고, 잠들고

검은 색은, 새카만 검은 색은 거짓말처럼

자꾸 희어져 가고

이제 그만 죽은 척해라

이제 그만 죽은 척해라

(꼴이 사납다)

Ⅲ
우중충한 길옆에는
소란한 크리스마스가 번쩍번쩍 한다
한 달도 전에 미리 크리스마스 한다
꽃리본 달고, 방울 장식줄 두르고
줄지어 몰려선 저 아이들
산타 할아버지는 다 거짓말이다
산타 할아버지는 다 거짓말이다
(할아버지 제발, 동심파괴 그만하세요
초등 2년짜리 발칙한 손자가 내게
따끔하게 충고했다)

길 건너 저편, 사람 하나 없는데
아픈 데를 찔린 겨울나무 열매가 붉다
애 터지게, 애처롭게 붉다
바람에 종이 팔랑개비가 돌고, 또 돈다
바람에 예쁜 종이 팔랑개비가 겁도 없이 돈다

(메리 크리스마스!

아아 늙은 산타 크리스마스!

아아 이 캄캄한 날에

제발 아이들은 함부로 날뛰지 않도록 주의

부탁드립니다)

제5부
저 혼자 논다

떠도는 몸

인삼밭은 검고
아카시아 나무는 거무죽죽하다

소나무는 푸르고
들은 누렇다

까치집들은 높고
들쥐의 보금자리들은 낮다

기차는 지나가고
다리는 멈춰 서 있다

흙은 붉고
하늘은 푸르다

연기는 하늘로 오르고
새는 땅으로 내려앉는다

울타리는 헐벗고
집은 그 뒤에 숨었다

멀리 강마을이 봄기운에 들려 있다
빙하의 강물이 처덜벅거리는 소리 들린다

흙과 새와 하늘과 뜬 구름
떠도는 몸이라서 정처는 없다

난 시 안 쓴다

시는 시가 아니다
그래서 난 시 안 쓴다
그만 떠들어라
난 시 안 쓴다
시만큼 미운 놈도 없다
난 죽어도 시 안 쓴다
난 못 쓴다

나한테 시 썼다 자술서를 강요하지 마라
진짜 시 같은 시를 써라 회유하지도 마라
난 시 안 쓴다
난 시 못 쓴다
단 한 번도 시라는 것을
써 본 적이 없다

빼뿌쟁이

질경이 보고
빼뿌쟁이라 그런다

이쁘다

이쁜 질경이는
빼뿌쟁이 별명을 달고
질기게, 질기게, 모질게도 산다

밟아라 밟아라 죽지 않는다

털질경이, 왕질경이, 개질경이, 찰질경이
내 머릿속에 어질어질 길 따라 치솟는
네 놈의 족속들이 헬수록 가상하다

빼뿌쟁이야 빼뿌쟁이야
이쁜 질경아

함부로 빼빼 말라 죽지 말고

명의의 수레바퀴 아래에서 솟은 신통한 영물이니*
어떤 몹쓸 놈의 병이나 고쳐주고 복 받거라

자자손손 질기게 번창하거라

* 차전초이야기 참조

죽은 개에게 먹이를 준다

바싹바싹 돌들이 탄다

햇볕이 쨍쨍하니까

꿈틀거리던 지렁이가 금세 말라 죽는다

개집 앞에는 바알간 봉숭아가 펴 있다

개는 죽은 지 오래인데도 거짓말처럼 살아있다

심심하면 허공을 향해 컹컹 짖어댄다

개는 그 집을 탈출한 적이 없다

불쌍한 개야, 불쌍한 개야

불시에 그 집을 지키고 서 있는

봉숭아 꽃물이 똑똑 떨어지며 울 것 같다

그 꽃물이 아니라면, 어제 내렸던 비가 또 올 것 같다

그 불쌍한 남자는 다시 저 개집 앞에 나타나

죽은 저 개에게 구슬픈 비 같은 먹이를 줄 것이다

그러나 갈증이 극심한들, 바싹바싹

타는 돌들은 목말라하지 않는다

마른 땅을 파면 금세 지렁이들이 꿈틀거린다

지렁이들은 죽었다가도 금세 살아난다
멀리 화장터에서는 짙은 연기가 오르고
누군가 오래전에 죽은 나를
끝도 없이, 기약도 없이 살려내고 있다
아도야 아도야 아도야*

누군가 나를 저처럼 살았다고 우기고 있다
죽여도 죽여도 길도 아닌 길들이 자꾸 되살아나
꾸역꾸역 목숨을 내어 가고 있다

* 아도阿道는 우리나라에 불교를 전파한 승려의 이름으로 알려져 있음.

86

저 혼자 논다

자꾸 묻는다

어제 했던 질문을 또 한다

구멍 속에는 들쥐들이 들락거린다

쥐들의 구멍은 한없이 깊다

똘방똘방 반짝이는 쥐의 눈들을

도꼬마리 풀 그늘이 가려주고 있다

도꼬마리는 도깨비방망이를 달고 있다

자꾸 묻는다 도깨비는 답 없다

난 모른다 어제 그 여자가 왜 그토록

목숨을 통째로 뒤밀어 놓고 울었는지

밤은 칠흑같이 깊은데 술이 과했던 그 여자는

불쌍한 쥐구멍에다 냅다 오바이트를 했을런지도 모른다

울컥울컥 그 여자의 울대가 소스라칠 때마다

구멍 속의 숨은 쥐들은 깽깽거렸다

쥐의 털은 새카맣고 그 여자는 낱낱의 숨은 쥐 털들을 밤
새도록 울렸다

아침은 또 오고 바람에 실려 오는 낯선 꽃향기가 애처롭
게 향그럽다

어디서 아슬한 한 맺힌 꽃봉오리들이 우리를 부르는가?

답 없다 우리를 두들길 뿐 가여운

도깨비방망이들은 답 없다 하늘에는

한참 발정 난 구름이 빙빙 저 혼자 유랑 중이다

아는 척한다
다 나보고 아는 척한다

I

동네 금싸라기 부동산 중개소 앞에는

여름 채송화가 노랗게 폼 재고 앉아 있다

우리 집으로 오세요

나는 이 집 여사장을 잘 안다

채송화 송이송이 금싸라기 돈이 묻어 있다

함부로 건드리지 마세요

계약서 사인을 받는

그녀의 손톱에 묻은 채송화 꽃물이 아프다

사장님, 오늘따라 왜 이렇게 푹푹 쪄요

거래가 뚝 끊긴 지랄 같은 여름은 지겹도록 길다

한 뺨 지은 죄도 없이 노오랗게 질려서

무더위를 견디는 채송화가 가엽다

II

건물이 참 예쁜 초등학교 모퉁이 그늘에는

긴 연필이 한 자루 제멋대로 굴러 있다

MADE IN INDONESIA

MADE의 MA는 깎여나가고 없다

맹그로브 숲이 울창했던 열대의 나라

먼 항해 끝에 이 연필은 이 길모퉁이에 당도했다

깊은 시름에 잠겨 뭉턱하게 닳은 까만 심,

얼마큼 주인을 보필하고 이 연필은 버려졌을까?

옛날에 옛날에 아주 큰 병원의 병실을 청소할 때

재떨이에 수북한 담배꽁초를 주워 피운 적이 있다

꽁초는 장초 중초 단초

3단계로 분류해 서랍 속에 넣어놓고

애지중지 살갑게 살펴 가며 피운 적이 있다

아 아 예나 지금이나 헬 수 없이 널려있는

꽁초 같은 인생들은 얼마나 많은가?

침을 발라 꾹꾹 눌러쓰던

몽땅 연필은 가엾다

끝내 한 모금밖에 남지 않은

손끝에 매달린 꽁초는 더 가엾다

III

내 산책길 수로를 따라 질질 끌려오다

홈통의 구멍 앞에 내팽개쳐진 과자봉지 하나를 본다

그 불쌍한 과자 아주 먼 나라에서 생산되었다

빈 봉지 속에 어제 내린 빗물이 찰랑거린다

참 희안하게 빈 하늘이 부서질 듯 눈부신 날이다

버려진 봉지는 나를 보고 헤헤 속도 없이 웃고 있다

저 텅 빈 얼간이, 나를 보고 자꾸 웃고 있다

아는 척 한다

빈 봉지 속에서는

참을 수 없는 단내가 난다

가끔 어린 새들이 숲속에 숨어서 저들만 아는 밀어로 짹
짹거린다

가끔 숨은 아이들이 교정의 빈틈에서 낯선 말들로 소리치

고 사라진다

아이들의 입이 삼키는 과자는 달다

참을 수 없이 달다

이 세상의 모든 아이들은 먼 나라에서 생산되었다

빈 종이책 속의 상형문자
—가만히 혼자 읊는 가을 랩소디

길옆 벤치에 앉은 엄마의 등에 업혀 잠자던 아이가 또 깨어나 운다 길 없는 바람은 가는 곳마다 회오리를 만든다 기괴한 회 초리를 만들어 아이를 때린다 텅 빈 광장에서 혼자 연주하던 악사의 기타 줄이 툭 끊어진다 자꾸 툭툭 끊어진다 후두두두 끝 안 보이는 공중에 매달린 짓궂은 낙엽들이 형형색색 바닥 으로 추락하며 객석을 어지럽힌다 불안한 사람들은 뿔뿔이 흩 어져 자리를 떠난 지 오래다 관중을 잃은 적막한 강물은 흐르 지 않고 망연히 저 혼자 깊어져 바닥을 알 수 없는 깊은 미궁 속으로 한없이 빠져들어 간다 사방을 둘러보아도 안전핀이 뽑 혀 금세 폭발할 위험물들이 도처에 널려있다 울타리 한쪽에 죽치고 앉아 잔인한 향기를 뿜어대는 늙은 다알리아 그 속을 가늠할 수 없는 구름의 유리창들 화들짝 돌아서면 까닭 없이 수상한 신음소리를 내는 머나먼 지평선 그리고 그 먼 곳에 가 득 몰려 부글거리는 불량한 추억들…… 잘못 건드리면 안 된 다 잘못 두들기면 안 된다 아무 데나 내팽개쳐진 깨진 사금파 리, 반짝이는 유리 조각들을 집어 들어서도 안 된다 불구자가 되어 뒤뚱뒤뚱 걸어 다니는 타락한 비둘기들을 뒤쫓아가서 애

처롭게 붙들어서도 안 된다 신기루의 아이는 멀리서, 멀리서
또 울고, 끊긴 기타 줄은 또 끊어진다 바람은 다시 회오리를
만들고 제멋대로 공중으로 치솟으며 부서진 허공을 또 부순다
형형색색 머나먼 공중에 울던 아득한 상형문자의 이파리들이
와르르 줄지어 쏟아지고 또 쏟아진다 끝없다

불쌍한 비둘기 천사

뒤뚱뒤뚱
걸어다니는 비둘기
날지 못한다
도망도 못간다

하늘이 내려준 상아빛 목발이 눈부시다
목발의 두 종아리가 이쁘다

뒤뚱뒤뚱 저 높은 하늘을
지상에 붙들어 놓으려고
얼마나 피나게 노력했던가?
비상을 포기하고 난폭하게 날뛰는
야성의 날개를 길들인 다음에야
비로소 이 지상이 천국임을 알았다

이쁘다 목에는
오늘도 어김없이 지복의 햇볕이

금방울처럼 매달려 달랑거린다

구구구구 구구구구

나도 오늘은 천 원짜리 싸구려 과자 한 봉지로

조심스레 저 성스러운 복녀를 꼬신다

불시에 천사의 본능이 발동하지 않도록

목발을 집어던지고 푸루룽

무개의 하늘로 승천하지 않도록

뒤뚱뒤뚱 파기불능의 계약을 따라

비만에 겨운 살찐 천사

땀 질질 쏟으며 부단한 고뇌와

약조한 트레이닝에 혼신을 다 쏟아도

아아 끝내 날지 못한다

도망도 못간다

불쌍하다 가엾다

소란한 개미들의 일요일

발밑에 개미들은 부지런하다
CU 건너편에 GS편의점이 또 생겼다
APT 입구 쪽 유별난 부동산중개소 옆에는
다른 부동산중개소들이 다닥다닥 붙어있다
한 번도 진실을 고백한 적이 없다
하늘의 구름은 여전히 묵비권 행사 중이다
난 모른다 하얗게 거드름을 피우고 있다
갯바위에는 따개비들이 다닥다닥 붙어 논다
거친 파도가 철썩철썩 내 귀를 때린다
All Fresh 가게 문도 오늘은 닫혀있다
닫힌 유리문 너머로 잠든 과일들이
이리저리 몸을 뒤척일 때마다
아뜩한 낙원의 과일들이 후두두 떨어진다
채워도 채워도 텅 빈 내 머리가 푹 패인 동공 같다
저들은 새삼 어디로 가고 있는가? 눈코귀를 달고
간혹 지나가는 사람들은 이 세상 사람이 아니다
지나가는 낯선 개미들은 여전히 분주하다

무슨 간절한 신호가 너희들을 엮고 있느냐?

바글바글 끊임없이 들끓는

네 몸들의 신음이 내겐 아우성처럼 크게 들린다

낑낑대며 추락한 검은 매미 날개를 입으로

물고 가는 가당찮은 놈도 보인다

관상쟁이 소견

저 사람 코는 사람 코가 아니다
저 사람 귀는 사람 귀가 아니다
저 사람 눈은 사람 눈이 아니다
저 사람 입은 사람 입이 아니다
저 사람 코는 헐떡이는 당나귀 코다
저 사람 귀는 쟁기에 묶인 늙은 황소 귀다
저 사람 눈은 눈시울 붉히는 애처로운 맨드라미 눈이다
저 사람 입은 철망에 매달려 엎질러진 나팔꽃 입이다
그러므로 저 사람들의 이목구비는 사람의 것이 아니다
이 세상에 저 사람들처럼 사람인 사람은 아무도 없다
저들은 모두 남의 형용을 빌려 사람 행세한다
가짜가 진짜 가짜가 진짜 사람이라고 우긴다

제6부

상형문자

추억은 당신을 사랑하지 않는다

집이 없다

여기 앉았다

저기 앉았다 한다

여기도 내 집이고

저기도 내 집이다

떠나온 집은 늘 그립다

집은 늘 빈 집이다

앉는 자리는 늘 빈자리다

빈자리에 나 몰래 텅 빈 술잔이 앉는다

반갑다, 안녕 나는 인사한다

빈 잔을 나는 가득 채운다

한 잔 들이키면

참 많은 사람과 사람의

표정들이 내 앞을 지나간다

흘러간 날들이여, 잘 가거라

가을도 이제 명줄이 다했다

개망초 흰 꽃들이 눈부시다

얼마나 눈부신 사람들과 이별했던가

저 흰 꽃들은 내 추억이다

나는 그 추억들에게 무참히 버려진다

가는 곳마다 버려진다

목줄을 하고, 끌고 나온 개에게

버려진 사람들이 자꾸 도망간 개를 부른다

다비야 다비야 다비야*

나를 붙잡아다오

개들은 멀리서 뒤돌아보고,

더 멀리 도망치고

주인은 망연자실 그 먼 길을 쫓는다

다비야 다비야 다비야

울부짖는 개들은 머나먼 추억의 탄성이다

추억은 당신을 사랑하지 않는다

* '다비'는 '다비장'에서 따온 개의 이름.

바람길 묵상

Ⅰ

테이블 위에는

흰 눈이 소복이 쌓여있고

황색 조명등은 그 테두리를 둘러

가만히, 가만히 묵상하고 있다

아무도 이 침묵을 깨뜨리지 못한다

아무도 이 침묵을 깨뜨리지 못한다

Ⅱ

나란히 붙어 앉아

서로 어깨를 걸고

핸드폰을 함께 보는

젊은 연인들은 행복하다

둘인 듯 한 몸이 아름답다

한 몸인 듯 둘이가 아름답다

천국과 지옥은 사랑한다

지옥과 천국은 사랑한다

사랑은 영원하다
붙어 있다

III
가는 바람이
나뭇잎을 흔든다
아픈 나뭇잎들이 아프게,
더 아프게 흔들린다

커피는 달다, 나뭇잎은 자꾸 흔들린다
나뭇잎은 내 몸속에서 흔들린다
어디선가 눈길을 헤치고, 길 잃은
늑대 한 마리가 울부짖고 있다 늑대는
자꾸 늪 같은 미궁 속으로 빠져들고 있다
늑대야, 늑대야, 웬일로
나뭇잎이 흔들린다 자꾸
흔들린다

IV
생각하고
또 생각한다

안 한다
해 놓고 또 생각한다
또 생각한다

아픈 봄나무가
피우던 꽃을 또 피운다
금년에 핀 꽃 안에
작년에 핀 꽃이 숨어
또 핀다

아무도 저 수상한 꽃나무를 꺾어주지 않는다
아무도 저 괴상한 꽃들을 흩트려주지 않는다
사람들은 모두 답답한 소경이 되어 지나간다

106

나는 저 혼자 줄줄 흘러내리는
저 지독한 꽃의
향기를 지우며 몸서리치게 울고 있다

아아 이쪽을 보아도
내 생각나무는 꽃 핀다
저쪽을 보아도
내 생각나무는 꽃 핀다

고독을 운명처럼 1

I
외롭다
자꾸 외롭다
채워도, 채워도 자꾸 비는
술잔처럼 외롭다
쫓아낼수록 입에 달라붙는
유행가처럼 외롭다

II
누군가
안 보이는
저 먼 데서 누군가
견딜 수 없는 제 외로움에 독毒을 탄다
그의 독은 달콤하다 그의 독은 향기롭다
온몸에 퍼지는 독, 고독
고독은 스물스물
황혼의 노을빛처럼 퍼져간다

저물어간다

캄캄해져 간다

III

밤이 오고, 별이 뜬다

별은 열 개

별은 스무 개

별은 천 개

별은 수억만 개

뭉클뭉클

상처투성이 별이 뜬다

터질 듯 제 울음을 깨물고

별이 뜬다 터진 채로

소용돌이치면서, 아우성치면서

난공불락의 별이 뜬다

아아 새카만, 죽음을 깨문

별이 뜬다[*]

* 에드바르드 뭉크의 그림 「별이 빛나는 밤에」와 그의 생애 참조

하릴없는 어부

매일 강가로 나가 낚시하고
매일 못 먹는 고기들만 골라잡는다
어쩌면, 정말 어쩌면 이 세상엔
있을 것 같지도 않은 해괴한 강으로
그는 날마다 낚시하러 간다
눈만 뜨면 낚시하러 간다
그것밖에 할 일이 없기 때문이다
저 괴기스런 강은 왜 자꾸 흐르느냐?
그는 왜 꼼짝없이 저 강에만 붙들려 사느냐?
낚아도 낚아도 못 먹는 고기들이
못 먹는 어신漁神들이 그를 괴롭히지만
불평하면 안 된다 제발 불평하면 안 된다 그는 늘
수상한 강가에 자신을 부려놓고
하염없이 기다리고 또 기다린다
그 강에는 못 먹는 고기밖에 없다
못 먹는 고기밖에 없다는 것을
그는 운명처럼 모르기 때문이다

그래도 이 세상에 태어나서 꼭 한번
꿈결처럼 맛있는 고기를 먹은 기억이 또렷하다
못 먹는 고기 뒤엔 변함없이
맛있는 고기들이 출렁이며 뛴다
그는 늘 그 안타까운
기억을 더듬고 산다

상형문자

나는 모른다

아무것도 모른다

세상은 상형문자로 도배되어 있다

나는 도무지 그 뜻을 모른다

알려고 하면 더 모른다

가끔 그 모르는 문자들이

성스럽고 눈부실 때가 있다

너는 나의 상형문자다

나는 너의 상형문자다

나는 도무지 너를 모른다

너는 도무지 나를 모른다

나는 그 해독을 포기한다

여름이 가고 겨울이 또 온다

질척이는 눈비가 우리를 울린다

엄숙한 장례와 꽃수레가 우리 곁을 지난다

태양의 눈물과 사막의 미소가 끝없이 속삭인다

저 많은 상형문자들을 난 모른다
애시당초 아무것도 모른다
가끔 그 모르는 문자들이 감개무량하다
못 견디게 황홀하다

구름 짬뽕

작대기 짚은 꼬부랑 할매 데리고
까무잡잡한 중년의 여자가 중식당 문을 열고 들어선다
할매는 들어서자마자 식탁에 푹 주저앉아 푸우-
한숨 쉬더니 창밖의 하늘만 올려 본다
꺼질 듯 가을 하늘 하얀 구름이
듬성듬성 할매의 눈 속으로 찢겨져 들어간다
"뭐 먹고 싶어요?" 다그치듯 여자가 묻자
그 망령의 할매가 가만히 웃는다
"아무거나 줘" 망령의 웃음은 황당한 뜬구름 같다
구름은 꼬부랑 할매를 붙들고 자꾸 하늘로 올라가고
딸은 그 무심한 구름한테 자꾸 묻는다
아 아 저 구름 떼들 너무 아름다워요
더글더글 양파와 돼지고기를 볶는
주방의 우람한 덖음팬 소리가 요란하다

"맛있게 드세요"
"그래 너도 잘 먹어라"

망령이 젓가락을 공중으로
휘저으며 둥둥 떠오르고 있다

"야야, 이 집 구름 짬뽕 참 맛있다"

슬픈 수묵화

I
말 없는 길
슬픈 수묵화

그는 간다
그는 간다
혼자 간다

비 온다
치적치적
어쩌자고

비 온다

혼자 온다

II
비는 썩은
고목의 테이블을 친다

또 친다

젖은 꽃은
찢어진다

또 찢어진다

누군가 멀리서
아득히 멀리서
울고 있다
또 울고 있다

누군가 울고 있는
손을 가만히 잡는다
또 잡는다

비는 안 보이는
무계無階의 건반을 친다

또 친다

댕댕 건반이 운다
또 운다

빗속의 춤

빗속에 빨간 우산을 쓴 여자가 지나간다

여자는 간데없고 우산이 지나간다

아닥다닥아닥다닥 지나간 자리를 메꾸며 비가 쏟아진다

꼬인 스텝을 밟으며 비가 춤춘다

배낭 멘 검버섯 소년 하나가 또 빗속을 지나간다

소년은 간데없고, 난데없이 우후죽순 검버섯이 솟구친다

지나간 자리를 메꾸며 또 비가 쏟아진다

길옆으로 줄지어 선 가로수들도 지나가고

낯짝을 다 가린 소리 없는 안개도 지나간다

가없이 지나가고, 또 지나갈 뿐

없다, 아, 이 허무맹랑한

빗속에, 빈속에 아무것도 없다

고독을 운명처럼 2

뜸뜸이
잊혀진 친구에게
전화한다

다들
나를 모른다 한다

나는 안다고,
안다고 웅변한다

왜 다들 모르냐고?
지나가는 비에게
또 부질없는 안부를 묻는다
건강하냐?
잘 있냐?

울먹이는
비의 얼굴과 목소리는
또렷하게 안개에 갇힌다

뚜벅뚜벅 혼자 걷다가
풀쩍 뜀박질하다가
늪에 빠진 두꺼비에게
또 묻는다

넌 거기가 좋으냐?
넌 거기가 좋으냐?
왜 또 거기가 좋으냐?

벙어리 사랑꽃
—BTG님께

보고 싶다

말 못 하고

보고 싶다

말을 죽이고

보고 싶다

죽은 말을

또 죽이고

아아 보고 싶다

벙어리

사랑꽃이 핀다

살아서,

되살아나서

또 핀다

운명처럼 핀다

멍든 풍경

멍든 사람 하나
짙은 그림자를 깔고 앉아
실루엣처럼 멍하니 앉아 있다
그는 죽었다
오래전에 죽었다
그의 앞으로 막막히
죽은 기억을 되살리며
철길은 뻗어 간다
자꾸 뻗어 간다
가끔 기차도 달린다
끝도 없이 달린다
썩은 갱목, 찌그러진 페트병,
녹물을 뒤집어쓰고, 뒤엉켜
춤추는 철삿줄, 내동댕이쳐진
간판, 간판 위의 하얀 모래,
모래 위의 강아지풀, 제멋대로
나뒹굴고 구멍 뚫린 냄비, 냄비 구멍 옆의

찌든 물…… 물 물 물 물 아 저 어지러운
주거불명의 괴물들…… 죄 없이 멍든
괴물의 군상들이 무한대로 늘어간다
속없이 텅 빈 하늘 한가운데로
누군가 툭 집어던져 놓은
형체 없는 실루엣 같은 사람 곁으로
기우는 햇살이 간신히 사라질 듯
저 신기루들을 붙들고 있다

해설

고독한 존재의 토폴로지Topologie

> 필요한 것은 오직 단 하나,
> 위대한 내면의 고독뿐이다.
> —Rainer Maria Rilke

이미나

고독은 인간 존재의 근원을 이루고 있는 본질적인 성격이자 삶에 부여된 근본적인 조건이다. 고독을 느끼는 유일한 존재로서 인간은 내면에 깊이 침강沈降하는 실존적 고독을 통해 참된 자기를 실현하는 길로 나아갈 수 있다. 이런 점에서 니체는 고독을 '성격적 탁월성an excellence of character'으로 간주하며 규범적인 의미에서 바람직한 덕목 중의 하나로 규정한다. 그에 따르면 고독은 창조적인 삶에 크게 기여하는 탁월한 내재적 기질로서 고상한 인간의 고귀한 능력이다. 때문에 인간은 궁극적인 삶의 목표에 도달하기 위해 고독의 성향을 반드시 고양시키거나 획득해야 한다. 고독한 자의 홀로 있음은 자아의 한계를 극

복하고 참된 자기에 이르는 창조적인 삶을 영위할 수 있
도록 이끈다. 고독은 고상한 품성과 훌륭한 덕망을 지닌
높은 지위의 인간이 소유하고 있는 본질적인 기질이자 바
람직한 덕성으로 자유정신과 맞닿아 있는 것이다.[1] 이렇
듯 니체적인 의미에서 고독은 뛰어난 사람의 운명이다.

뿐만 아니라 존재의 근원을 시적인 사유로서 드러내 보이
는 릴케에게 고독은 시작詩作의 원천源泉이 되는 것이다.
실존적 내면의 심연에 이르게 하는 고독에의 침잠은 진정
한 자기다움의 발현을 가능하게 하기 때문에 시인에게
"필요한 것은 오직 단 하나, 위대한 내면의 고독뿐"[2]이다.
릴케에게 있어 고독은 시의 근원을 이루는 내적인 필연성
이자 존재의 실존적 자리를 탐색하게 하는 원동력이다.
이렇듯 인간의 근원적 공속성으로의 고독은 존재의 깊이
에 대한 체험이자 영혼의 울림에 화답하는 과정이라는 심
층적인 의미를 지닌다.

이승욱 시인은 실존적 고독 안에 온전히 머무르며 내면의
침잠을 통해 존재의 필연적인 의미를 사유하고, 침묵의 언

1 F. W. Nietzsche, 『선악의 저편』, 김정현 옮김, 책세상,
2002.
2 Rainer Maria Rilke, 『Letters to a young poet』,
Penguin Group, 2014.

어로 현성現成하는 존재의 고요한 울림을 시로 길어 올린다. 시인 스스로 "치벽의 독거성獨居性"(『한숨짓는 버릇』, 시작노트)으로 오롯이 자신 안에 홀로 있음을 추구하는 경향을 드러내 보인 바 있듯이 고독은 시인의 삶의 에토스이자 시적 세계의 근간을 이루고 있는 것이다. 시인의 실존적 고독은 "자꾸 버려지는 나들"(「이중주」), "평생 죽으려고만 했던 사람"(「별의별 일도 다 있다」), "불쌍한 남자"(「죽은 개에게 먹이를 준다」), "저 텅 빈 얼간이"(「아는 척한다 다 나보고 아는 척한다」), "멍든 사람"(「멍든 풍경」), "상처투성이 별"(「고독을 운명처럼1」), "아름다운 쓰레기"(「은둔」)와 같은 자족적인 자아의 표지이기도 하지만 '온몸에 퍼지는 달콤하고 향기로운 독'(「고독을 운명처럼1」)처럼 불가피한 숙명으로 주어진 고아高雅한 내적 기질이기도 하다.

그러나 그러한 시인의 고독은 소외와 고립에 의한 것이라기보다는 오히려 적극적으로 자신 안에 머무름을 누리려는 의지의 소산으로 이해할 수 있다. 즉 이승욱 시인은 진정한 자신과 마주하며 고유한 고독 안으로 들어가 "영혼의 울림 또는 존재의 울림"[3]으로 직조된 시 세계를 세우

---

3 이승욱, 「비극적 존재의 울림과 장인으로서의 시인」, 『현대시학』, 2013.7.

며, 실존적 존재의 비의성祕意性을 드러내는 데 몰두하고 있다. 시적 창조성의 근원이 되는 고독에서 비롯된 외로움의 정서는 시집 전반을 짙게 채색하며 신비로운 황홀함의 경지로 상승하는 비경祕境을 이루고 있다.

I
외롭다
자꾸 외롭다
채워도, 채워도 자꾸 비는
술잔처럼 외롭다
쫓아낼수록 입에 달라붙는
유행가처럼 외롭다

II
누군가
안 보이는
저 먼 데서 누군가
견딜 수 없는 제 외로움에 독毒을 탄다
그의 독은 달콤하다 그의 독은 향기롭다
온몸에 퍼지는 독, 고독
고독은 스물스물
황혼의 노을빛처럼 퍼져간다

저물어간다

캄캄해져 간다

III

밤이 오고, 별이 뜬다

별은 열 개

별은 스무 개

별은 천 개

별은 수억만 개

뭉클뭉클

상처투성이 별이 뜬다

터질 듯 제 울음을 깨물고

별이 뜬다 터진 채로

소용돌이치면서, 아우성치면서

난공불락의 별이 뜬다

아아 새카만, 죽음을 깨문

별이 뜬다*

* 에드바르드 뭉크의 그림 「별이 빛나는 밤에」와 그의 생애 참조

—「고독을 운명처럼1」 전문

쓰레기더미 속에 삐죽이 솟은
이쁜 풀줄기 하고 산다는 것이다

지저분하고 지저분하고
지저분한 풀줄기 사람 속에 숨는다는 것이다

혼자서 저 보고, 찾아도 없는 저 보고
고래고래 고함친다는 것이다
아무리 소리쳐도 아무도 듣지 않는다는 것이다

마침내 고결한 쓰레기가 된다는 것이다
쓰레기통 속의 아름다운 아름다운
너무 아름다운 쓰레기가 된다는 것이다
그런 다음 황홀한, 절정의 쓰레기로 버려진다는 것이다

다시는 어리석은 폐물, 폐물의 나를 찾지 않는다는 것이다
나는, 나는, 나는 영락없이 퇴락한다는 것이다
멸절한다는 것이다

—「은둔」 전문

인간은 홀로 태어나 홀로 죽음을 맞이하는 단독성을 지닌 독립적인 존재로 다양한 경험을 하며 삶을 완성해 간다. 이러한 삶의 여정에서 누구나 자신의 내면적 세계에 몰두하는 '홀로 있음'의 순간을 경험하게 된다. 이는 오로지 단 하나뿐인 유일자로 살아가는 인간에게 일어나는 보편적인 현상이자 근본적인 존재 방식이기도 하다. 그 '홀로 있음'의 근간에는 고독과 외로움이라는 정서가 깊이 자리하고 있다. 고독과 외로움은 '홀로 있음'이라는 유사한 상황에서 발생한다는 점에서 일정 정도 상통하는 면이 있다. '세상에 홀로 있는 듯이 매우 외롭고 쓸쓸한' 상태를 이르는 고독과 '홀로 되어 쓸쓸한 마음이나 느낌'으로 정의되는 외로움은 실상 거의 동일한 의미로 인식되기도 한다. 그러나 고독과 외로움은 미묘한 차이를 지닌다. 피동의 성격인 외로움은 관계의 결핍에서 비롯된 마음에 사무치는 괴로운 심정이라면, 고독은 스스로 혼자되는 능동적 의미를 지니고 있기에 자발적이고 신중한 선택의 결과라고 볼 수 있다. 이승욱 시인은 자신의 근원을 향해 뿌리를 내리는 고독의 과정을 통해 내면 깊은 곳의 시원始原, '그 뿌리 끝에 닿아 있는 외로움'을 '시 쓰기를 추동하는 원천 모티프'[4]로 삼고 있다.

---

4 이승욱, 앞의 글.

「고독은 운명처럼1」에서 시인은 인간의 실존적 존재방식인 '홀로 있음'에서 발로하는 외로움의 정서가 창조적인 사유를 가능하게 하는 고독으로 전회轉回하는 과정을 드러내 보인다. 짙은 고뇌를 거듭하는 시적 화자는 "채워도, 채워도 자꾸 비는 술잔처럼" '외롭고 자꾸 외로운' 자신의 삶을 반추하면서 "견딜 수 없는 제 외로움에 독毒을 탄다". 독을 탄 외로움은 온몸에 퍼지는 '달콤하고 향기로운 고독'으로 변전變轉하여 아름다운 '황혼의 노을빛처럼' 시인의 삶을 물들인다. 온몸으로 완전한 고독에 침참하게 된 시적 화자는 '수천 수억만 개의 별들'이 뭉클뭉클 떠올라 하늘에 '은하銀河처럼 흩뿌려'지는 것을 경험한다. 그 무수히 많은 별들은 터질 듯한 슬픔과 고통을 인내하며 "사무쳐 울던 내 영혼의 강물"(『한숨짓는 버릇』, 시작노트)에서 길어 올린 "상처투성이의 별", 즉 고투의 작업으로 치열하게 창조된 시적 세계인 것이다. 이렇듯 시인에게 '운명'처럼 주어진 "쓸쓸한 고독의 이름"(「알콜중독자」)은 진기한 빛을 발하는 "죽음을 깨문 별"처럼 고통스럽고 슬프지만 아름답고도 황홀한 신비의 경지에 이르게 하는 시적 원천이 된다.

이처럼 시인에게 있어 시의 창조성은 고통을 머금고 있는 고독에서부터 발현된다. 고독을 긍정하는 니체에 의하면

자기 자신 안에 오롯이 머무르는 내면에의 침정沈靜은 진정한 자아와 마주하게 하여 본래적으로 열려있는 자신으로서 현존하게 한다.[5] 이러한 자신과의 관계 맺음은 내면을 깊이 파고들어 스스로를 조탁彫琢하는 일이자 본디의 영혼을 시적인 정취 속에 머물게 한다. 「은둔」에서 시적 화자는 고독을 향한 강한 열망을 드러내며, 끝내 멸절하고자 하는 확고한 다짐을 내비친다. 고독에 투신하고 있는 시적 화자는 '삐죽이 솟은 풀줄기 속에서 숨어' 살며 "아무리 소리쳐도 아무도 듣지 않는" 곳에서 "마침내 고결한 쓰레기가 된다는 것"을 확신의 어조로 말하고 있다. 이러한 시적 정황은 '~는 것이다'의 구문이 반복되면서 시적 화자의 결의로 강조되며, '쓰레기가 되고 쓰레기로 버려지는' 행위에 당위성이 부가되어 그것을 마땅한 일로 여기게 만든다. 그러나 중요한 것은 버려지는 상황보다는 "고결한 쓰레기", "너무 아름다운 쓰레기"이자 나아가 더욱 "황홀한, 절정의 쓰레기"로 그 의미가 고양되는 지점에 있다. 이는 고귀한 인간에게 필연적으로 부여된 고독의 '성격적 탁월성'을 시적으로 표현한 것에 다름 아니다. 때문에 시적 화자는 보편적인 일상의 급류에서 벗어나 "은둔"하는 삶의 방식을 추구하는 태도

---

5 F. W. Nietzsche, 『차라투스트라는 이렇게 말했다』, 정동호 옮김, 책세상, 2002.

를 보인다. 은둔隱遁은 현실과 거리를 둠으로써 자유를 확보하는 수단이자 도가적 관점에서는 가장 이상적인 삶의 형태이기도 하다. 결국 은둔함으로써 고독과 대면하고자 하는 시인의 초연한 의지는 고결하고 아름답게, 황홀한 빛을 발하는 시적 언어를 창조하는 창작의 기제가 되는 것으로 이해된다. 이렇듯 종내 '영락없이 퇴락하며 멸절하기를' 갈망하는 시인에게 있어 고독은 일생을 적막 속에서 투쟁하고자 하는 영혼의 자발적 유랑이라고 할 수 있다.

너미가 아프다
너미는 이 세상 사람이 아니다
이 세상에는 지금 벚꽃이 한창이다
벚꽃이 화려할수록 너미는 더 아프다
너미의 통증의 혈관들로 벚꽃나무들은 부풀어 있다
더러는 터져서 줄줄 피 흘리고 있다

너미가 아프다
너미는 이 세상에 있지 않아서 아프다
이 세상은 이 세상이 아닌 것이 좋다
너미는 너미가 아닌 것이 좋다
지금 내 콧속의 살벌한 향기는

감당할 수 없는 이승의 환희를 전하지 않는다

엉- 엉- 꽃피 흘리는 너미가 아프다

겹겹이 쓰러지는 풍경의 저 너머가 아프다 길을 지나는

사람들은 모두 수의를 걸치고 있다

사람들은 모두 사람이 아닌 것이 좋다

부서진 수의자락 같이 흩어진 벚꽃잎을 밟으면

딱딱하게 불거진 뼈를 밟는 소리 들린다

지천으로 늘린 뼈 소리가 아프다

황급히 살을 버리고 떠나는 내 뼈들이 아프다

해골로 남은 내가 너무 아프다

앙상히 저를 버티는 벚꽃나무가 아프다

너미가 너무 아프다

이 세상은 한사코 이 세상이 아닌 것이 좋다

벚꽃나무는 한사코 벚꽃나무가 아닌 것이 좋다

너미는 한사코 너미가 아닌 것이 좋다

너미가 아프다

너미도 아닌 저 너머의

너미가 너무 아프다

─「아픈 벚꽃시절」 전문

그럼에도 고독은 필연적으로 결핍이 내재되어 있는 것이기에 어찌할 수 없는 마음의 괴로움과 아픔을 동반할 수밖에 없다. 실존적 고독과 직면하게 되면 인간 존재의 유한성과 삶의 무상함을 인지하여 때때로 우울과 절망 안에 갇힐 수 있다. 이는 홀로인 상태에서 발생하는 평연平然한 정서적인 경험이자 고독의 참담한 특질일 것이다. 때문에 절대적인 고독 안에서 시인은 인간의 근원적인 고통을 정면으로 직시하게 된다. 이는 시집 전반에 걸쳐 "대책 없이 아프다 혼자 아프다"(「집」), "나리또는 더 아프다"(「나리또와 불뚜쟁이」), "채송화 꽃물이 아프다"(「아는 척한다 나보고 아는 척한다」), '아픈 봄나무의 아픈 나뭇잎들이 더 아프게 흔들'(「바람길 묵상」)이고, "누군가 멀리서…또 울고"(「슬픈 수묵화」), "몸서리치게 울고"(「바람길 묵상」), '저들끼리 사무쳐 울고'(「심심하면」), "비쩍 마른 나무 한 그루가…엉엉 우는"(「게 운다」) 아픈 존재들의 "단말마의 고통"(「그라는 환자」)이 점철되는 시적 기조基調로 나타난다.

이런 맥락에서 「아픈 벚꽃시절」은 실존적으로 고뇌하는 시적 화자의 삶에 편재해 있는 고통이 전면으로 드러나 있는 시이다. 시인이 밝히고 있듯이 영혼의 간절한 이름인 '너미'는 "이 세상 사람이 아니"라서 아프고 더 아프지만 오히려 "이 세상이 아닌 것이 좋"다고 말한다. '너미'의 고통은 화려하게 만개한 벚꽃나무들의 시적 정황과 대비되어 '통증의 혈관들이 터져서 피를 줄줄 흘리'는 것처럼 더욱 선명하게 묘사된다. 고통이 발생하는 특별한 요인은 개별적인 경험에서 기인한다는 점에서 '너미'의 아픔은 지극히 자류적自流的인 것으로 이해할 수 있다. 이내 '살벌한 향기'를 내뿜는 "감당할 수 없는 이승의 환희" 때문에 "꽃피 흘리는 너미"의 고통은 더욱 가중되고, "아프다"라는 형용사가 반복되면서 '너미'는 처절하게 고통받는 존재로 규정지어진다. 주목할 것은 '수의자락 같은 벚꽃잎'을 떨구고 "앙상히 저를 버티는 벚꽃나무"가 '살을 버리고 해골로 남은' 시적 화자와 동일시되면서 '너미'의 아픔이 벚꽃의 아름다움으로 치환된다는 것이다. 이는 "벚꽃나무는 한사코 벚꽃나무가 아닌 것"처럼 "너미는 한사코 너미가 아닌 것이 좋다"는 존재론적 인식으로 전회轉回하여 역설적으로 고통을 긍정하는 것으로 의미화된다. 이렇듯 시인은 절대적인 고독을 희구希求하면서도 그 '심연에 내재되어 있는 비절한 공명空鳴의 울림'(시작노트)을 나름의 비범한 방식으로 구현하고 있다.

바싹바싹 돌들이 탄다
햇볕이 짱짱하니까

꿈틀거리던 지렁이가 금세 말라 죽는다

개집 앞에는 바알간 봉숭아가 펴 있다

개는 죽은 지 오래인데도 거짓말처럼 살아있다

심심하면 허공을 향해 컹컹 짖어댄다

개는 그 집을 탈출한 적이 없다

불쌍한 개야, 불쌍한 개야

불시에 그 집을 지키고 서 있는

봉숭아 꽃물이 똑똑 떨어지며 울 것 같다

그 꽃물이 아니라면, 어제 내렸던 비가 또 올 것 같다

그 불쌍한 남자는 다시 저 개집 앞에 나타나

죽은 저 개에게 구슬픈 비 같은 먹이를 줄 것이다

그러나 갈증이 극심한들, 바싹바싹

타는 돌들은 목말라하지 않는다

마른 땅을 파면 금세 지렁이들이 꿈틀거린다

지렁이들은 죽었다가도 금세 살아난다

멀리 화장터에서는 짙은 연기가 오르고

누군가 오래전에 죽은 나를

끝도 없이, 기약도 없이 살려내고 있다

아도야 아도야 아도야*

누군가 나를 저처럼 살았다고 우기고 있다

죽여도 죽여도 길도 아닌 길들이 자꾸 되살아나

꾸역꾸역 목숨을 내어 가고 있다

* 아도阿道는 우리나라에 불교를 전파한 승려의 이름으로 알려져 있음.

—「죽은 개에게 먹이를 준다」 전문

저 사람 코는 사람 코가 아니다

저 사람 귀는 사람 귀가 아닌다

저 사람 눈은 사람 눈이 아니다

저 사람 입은 사람 입이 아니다

저 사람 코는 힐떡이는 당나귀 코다

저 사람 귀는 쟁기에 묶인 늙은 황소 귀다

저 사람 눈은 눈시울 붉히는 애처로운 맨드라미 눈이다

저 사람 입은 철망에 매달려 엎질러진 나팔꽃 입이다

그러므로 저 사람들의 이목구비는 사람의 것이 아니다

이 세상에 저 사람들처럼 사람인 사람은 아무도 없다

저들은 모두 남의 형용을 빌려 사람행세 한다

가짜가 진짜 가짜가 진짜 사람이라고 우긴다

—「관상쟁이 소견」 전문

고독한 실존적 존재로서의 시인은 경험적 자아와 시적 자아의 불가피한 길항으로 현실의 안과 밖을 초월하는 삶의 태도를 견지한다. 이는 인간 존재의 실존적 자리의 공허함과 삶과 죽음의 경계를 넘나드는 생명체의 구조적 원리를 통찰하는 시적 사유로 나타난다. 즉 모든 존재는 "이미 죽은 다음에…태어났다 죽고 또 죽고 다시 태어"(「죽었다 그리고 미쳤다」)나며, "이승과 저승의 망사 칸막이"(「삼드락하다」)를 넘어 "이승에 없는 집"(「곱꾸메꽃」)에 가거나, 다시 "이승을 넘어가다…이승으로 돌아"(「그라는 환자」) 오기도 하고 "저승으로 간 사람은 자꾸 이승으로 돌아와"(「별의별 일도 다 있다」) 있기에, 결국 삼라만상森羅萬象은 "가없이 지나가고, 또 지나갈 뿐"(「빗속의 춤」) "차안도 없고 피안도 없다"(「느릿느릿」)는 역설적인 진리를 내재하고 있는 것이다. 때문에 이승욱 시인의 시세계는 "이승과 저승", '차안과 피안', '가짜와 진짜'(「관상쟁이 소견」), '사람과 사람이 아닌 것'(「소란한 개미들의 일요일」)들의 구분을 지우고 그 경계를 넘나드는 초월성을 근저에 두고 있다고 할 수 있다.

「죽은 개에게 먹이를 준다」에서 "개는 죽은 지 오래인데도 거짓말처럼 살아"서 '허공을 향해 컹컹 짖어대고' 있고, 마찬가지로 '금세 말라 죽었던 지렁이'가 금세 다시

살아나 꿈틀거리고 있다. 죽은 개에게 "구슬픈 비 같은 먹이"를 다시 주려는 "불쌍한 남자"의 행위와 "멀리 화장터에서 짙은 연기가 오르고" 있는 시적 정황은 삶과 죽음의 역설적인 얽힘의 상태를 보여준다. 이러한 인식은 누군가 "아도야 아도야 아도야" 부름으로써 "오래전에 죽은 나를…기약도 없이 살려내고 있다"는 구절에서 알 수 있듯이 삶과 죽음이 둘이 아니라는 '생사불이生死不二' 혹은 '생사일여生死一如'의 불교적 생사관을 기저로 하고 있다. 즉 삶과 죽음은 궁극적인 흐름의 선상에서 둥근 원처럼 연속되는 하나이기에 그 시작과 끝이 없다(無始無終)는 생명현상의 기본 원리를 내보이고 있는 것이다. 이러한 주제의식은 "죽여도 죽여도 길도 아닌 길들이 자꾸 되살아나"듯이 모든 만물이 생성과 소멸을 반복하며 "꾸역꾸역 목숨을 내어 가"고 있다는 마지막 연에서 생사윤회生死輪廻의 사상으로 응집된다.

생명의 필연적 사멸성과 '유한한 초월성'에 대한 통찰은 「관상쟁이의 소견」에서 모든 존재의 보편적인 연원淵源을 궁구窮究하는 것으로 이어진다. 이 시는 "저 사람 코는 사람 코가 아니다"라는 언술로 시작하는데, 같은 구조의 문장이 반복되면서 "저 사람"의 감각기관이 기실 '사람 코가, 사람 귀가, 사람 눈이, 사람 입이' 아니라고 단정 지어

지고 있다. 불교적 관점에서 태어남은 오온五蘊과 여섯 가지 감각기능六入을 획득하는 것이며, 죽음은 그러한 감각 능력을 상실하는 것을 의미한다. 이런 점에서 보자면 "저 사람"의 '코와 귀와 눈과 입'이 그의 신체에서 흩어지는 것은 죽음의 비의秘意를 드러내며, '당나귀와 늙은 황소와 맨드라미와 나팔꽃'의 감각기관으로 다시금 자리하는 것 은 생멸이 반복되는 윤회의 과정을 유비한 것으로 이해할 수 있다. 요컨대 이 세상애 "사람인 사람이 아무도 없다" 는 것은 만휘군상萬彙群象의 존재 양상이 실상 "남의 형용 을 빌려" 생멸을 반복하고 있을 뿐이라는 깨달음을 여실 히 전하는 것이다. 이는 "저 사람"을 '아메바와 진드기, 무 당벌레와 살쾡이, 코뿔소와 암고양이'로 "해도 괜찮겠다" 고 확신을 내비치는 「그래도 괜찮겠다」에서도 "가짜가 진 짜 사람"이 되듯이 고정된 실체가 없는 현상계의 존재 형 태의 본질을 관철하는 것으로 귀결된다.

집이 없다
여기 앉았다
저기 앉았다 한다
여기도 내 집이고
저기도 내 집이다
떠나온 집은 늘 그립다

집은 늘 빈 집이다

앉는 자리는 늘 빈자리다

빈자리에 나 몰래 텅 빈 술잔이 앉는다

반갑다, 안녕 나는 인사한다

빈 잔을 나는 가득 채운다

한 잔 들이키면

참 많은 사람과 사람의

표정들이 내 앞을 지나간다

흘러간 날들이여, 잘 가거라

가을도 이제 명줄이 다했다

개망초 흰 꽃들이 눈부시다

얼마나 눈부신 사람들과 이별했던가

저 흰 꽃들은 내 추억이다

나는 그 추억들에게 무참히 버려진다

가는 곳마다 버려진다

목줄을 하고, 끌고 나온 개에게

버려진 사람들이 자꾸 도망간 개를 부른다

다비야 다비야 다비야*

나를 붙잡아다오

개들은 멀리서 뒤돌아보고,

더 멀리 도망치고

주인은 망연자실 그 먼 길을 쫓는다

다비야 다비야 다비야

울부짖는 개들은 머나먼 추억의 탄성이다

추억은 당신을 사랑하지 않는다

—「추억은 당신을 사랑하지 않는다」 전문

모든 실체가 존재한다는 것, 즉 존재의 '있음'에 대한 사유는 '어디'에 해당하는 '공간적인' 표상과의 관계를 필수적으로 전제한다. 아리스토텔레스는 '존재'한다는 것의 "있음"은 반드시 '어디'에 있어야 하는 것을 의미하며, 특히 그 범주인 '자리lieu'가 어떤 형태로든 표현되어야 한다고 언명한다.[6] 그에 의하면 '존재의 자리'는 "둘러싸는 것의 최초의 움직이지 않는 한계"라고 할 수 있다. 때문에 존재는 자신을 둘러싼 경계인 형상을 가지며 그 한계인 자리 안에 머물게 된다. 그러므로 존재로서의 '있음'이 모두 자리에 있는 것이라면 '장소τόπος, topos'는 인간 존재의 근거가 된다. 이런 점에서 하이데거는 '존재는 각자 저마다의 자리에서 가장 고유한 형태로 현존하는 본질적인 특성'을 지닌다고 보았다.[7] 즉 모든 것이 주집注集되는 지

---

6 Aristoteles, 『자연학』, 허지현 옮김, 허지현연구소, 2022.

7 Martin Heidegger, 『언어로의 도상에서』, 신상희 옮김, 나남, 2012.

점인 동시에 그 모든 것을 환요環繞하고 있는 것이 바로 '존재의 자리Sitz des Seins'인 것이다.

「추억은 당신을 사랑하지 않는다」에서 시적 화자는 경험적 사실로서의 존재의 자리를 깊이 사유하고 있다. 장소를 존재 근거로 본유하고 있는 인간은 특정한 장소에서 본래적으로 현존한다는 점에서 시공간적인 지평 위에 놓여 있다. 때문에 인간의 '근본 자리本處'는 일정한 활동이 이루어지고 특유의 사건이 발생하는 '삶의 자리'라는 실존적 형태라고 할 수 있다. 시적 화자는 떠나온 집을 그리워하며 "여기 앉았다 저기 앉았다" 하며 유동하고 있으나, 삶의 장소로서 중심이 되는 집이 "늘 빈 집"인 것처럼 점유하고 있는 자리도 "늘 빈자리"이다. 시적 화자가 머물고 있는 실재적인 장소가 "텅 빈 술잔"처럼 비어있다는 것은 실존적 의미에서는 존재 근거를 잃어버린 것으로 이해할 수 있다. 모든 실체가 '자리에 있음'으로 해서 구성된다는 점에서 자리가 비어있다는 것은 '어디에도 없다'는 것으로 상정될 수 있기 때문이다. 존재방식으로의 근원적인 장소의 상실은 시적 화자로 하여금 "흘러간 날들", "눈부신 사람들과 이별"하게 하며, 무수히 많은 "그 추억들에게 무참히 버려"지는 일로 경험된다. 그러나 긴요한 것은 "가는 곳마다 버려"지는 사람들이 "다비야 다

비야 다비야"라고 부르짖는 시적 정황의 이면에 내재되어
있는 "다비茶毘"의 의미이다. 불교에서 죽은 자를 위해 행
하는 다비茶毘는 육신을 본래의 자리로 돌려보내는 의식
이다. 삶과 죽음이 불이不二하다는 관점에서 '다비'는 새
로운 삶으로의 시작을 여는 엄숙한 통로라고 할 수 있다.[8]
이런 점에서 시적 화자의 "빈자리"는 궁극적으로 무엇이
든 채울 수 있는 열린 상태라는 것을 함의하며, 존재의 정
립을 가능하게 하는 원천적 장소로서의 '토폴로지
Topologie'라는 의미를 함축하고 있다.

참 고요하다

고요라는 말이 통하지 않는다

영원으로 이어져 있다

자리, 그 무엇도

그 누구도 가보지 못한 자리

사라진 자리, 사라진

---

8 박경준, 『다비와 사리』, 대원사, 2001.

그 무엇과 누군가의 자리

자리, 저

자리가 참 아프다

다시는 불러볼 수 없는 그의

자리, 그 무엇의 자리 끝도 없이

살아서 꿈틀거리는 자리

만져도 만져도 만져지지 않는 자리

이 세상엔 없는 자리

저 혼자 가만히 웃고 숨 쉬는 자리

그 누구의 것도 아닌 자리

아아 그 자리

—「자리」 전문

고요히 비어있는 존재의 자리에 대한 시인의 잠심潛心은 실존적 무無와 공허空虛를 감지하고 있는 「자리」에서 더욱 깊어진다. 시적 화자가 응시하고 있는 '자리'는 "그 무엇도" 없고 "그 누구도 가보지 못한 자리"이자 이제는 "사라진 자리"이기에 "다시는 불러볼 수 없는 그의 자리"이다. 그러나 삶과 죽음은 연동되어 있는 생生의 조건이자 필연적인 현상이기에 비움과 채움이 순환되듯이 '존재의 자리'는 "영원으로 이어져" 있다. 즉 존재가 자리를 지극히 버리고 떠남으로써 외피로 남아있는 자리는 "만져지지 않는 자리"이자 "이 세상에 없는 자리"이지만 그 '비어있음empty'으로 해서 오히려 "살아서 꿈틀거리는 자리", "저 혼자 가만히 웃고 숨 쉬는 자리"로 환원될 수 있는 것이다. 이런 점에서 모든 현상은 삶과 죽음이 연속되는 윤회의 끝없는 흐름 속에서 생기生起하는 하나의 과정에 불과하며, 생멸을 거듭할 뿐인 존재는 찰나의 조건이 화합되어 발생되었다 사라지는 '공성空性'을 본질로 하고 있다고 할 수 있다. 이렇듯 「자리」는 고요한 적막으로 가득 차 있는 '자리'의 시적 형용을 통해 생성소멸의 작용이 인연에 따라 잠시 가합假合했다가 무상無常히 흩어지는 것이라는 존재론적 진리를 갈파하는 관조적 미학의 구조를 지니고 있다.

이승욱 시인은 존재의 '있음'과 '없음'의 양변兩邊을 고구하며 모든 '존재의 자리'를 깊이 사유하는 시적 세계를 세우고 있다. 내밀한 영혼의 울림에 지속적으로 귀를 기울이고 있는 시인은 생멸하는 모든 존재들의 비의祕意를 밝히고 삶과 죽음의 경계를 지우는 초월적인 인식을 내보인다. 불가피한 숙명으로 주어진 절대적인 고독 안에서 "무주고혼無主孤魂"의 심정으로 생자필멸生者必滅의 필연성과 실존적 가능성을 탐색하는 시적 사유는 존재의 창발創發을 가능하게 하는 원천적 장소로서 '토폴로지 Topologie'의 지평을 열어 보인다. 이렇듯 존재의 깊은 시원始原에서 길어 올린 고적한 언어를 경이로운 방식으로 직조하고 있는 이승욱 시인은 "위대한 내면의 고독"을 탁월한 기질로 가지고 있는 고아한 영혼의 방랑자라고 부를 수 있다. ■